LES
HOMMAGES DU PARNASSE,

PRESENTÉS AU ROY

A L'OCCASION DE LA NAISSANCE

DE MONSEIGNEUR

LE DUC
DE BOURGOGNE,

Par M. GAUBIER *Ancien Valet-de-Chambre*
de SA MAJESTE'.

M. DCC. LI.

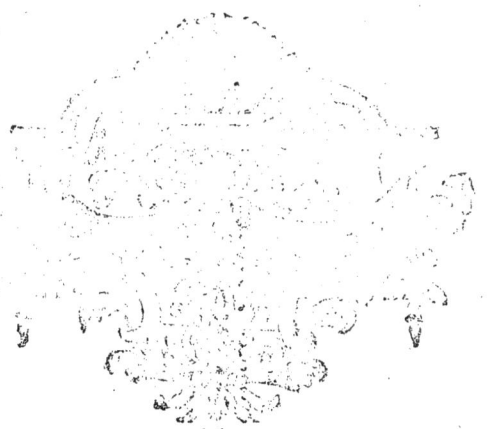

LES
HOMMAGES DU PARNASSE,
PRESENTÉS AU ROY
A L'OCCASION DE LA NAISSANCE
DE MONSEIGNEUR
LE DUC
DE BOURGOGNE.

CEDANT hier à l'Efprit qui m'entraîne,

J'ofai porter mes pas dans le facré Valon;

J'échapai par mes foins aux regards d'Apollon

Et côtoyant fans bruit les bords de l'Hypocrêne,

J'arrive enfin au célefte féjour

Où le Dieu des Arts tient fa cour.

La Nature toujours fi féconde en miracles,

N'offrit jamais aux regards curieux

De plus magnifiques Speétacles

Que ceux qui frapperent mes yeux.

Au sein du temple de Mémoire

Apollon sur un Trône élevé par la gloire,

Entouré des plaisirs, soutenu par les Arts,

Sur sa brillante Cour, promenoit ses regards.

Autour de lui les neuf Muses rangées,

Portoient les attributs divers

Des Sciences toujours par elles protégées,

Et dont la connoissance enrichit l'Univers.

De tous côtés accouroient sur leurs traces,

Les Poëtes fameux leurs plus chers favoris;

Autour d'eux voltigeoient les Graces,

Qui leur avoient inspiré leurs écrits.

On voyoit le Chantre d'Achille,

Conduire ce Héros à l'immortalité.

Près de lui paroissoit Virgile,

Dont la plume toujours fertile,

Sçut peindre à l'esprit enchanté

Mille sujets divers avec même beauté.

Le Maître de l'Art Poëtique,

Chantre divin & fameux satyrique,

Horace y paroiſſoit avec ces traits mordants,

Dont il ſçut foudroyer les vices de ſon temps.

Mais ſur un lit de fleurs formé par la molleſſe,

Sans ceſſe raffraîchi par l'aîle du Zéphir,

J'apperçois dans les bras du Dieu de la tendreſſe

Le Légiſlateur du plaiſir.

C'eſt Ovide, le tendre Ovide,

Ce Maître de la liberté,

Que la délicateſſe guide

Dans ſes leçons de volupté,

L'Amour reçoit de lui ſon carquois & ſes armes.

De lui l'Amour emprunte tous ſes charmes,

Mortel divin fait pour tout animer,

Toi, par qui le plaiſir reſpire ſur la Terre,

L'Amour t'inſpira l'Art d'aimer,

Il apprend de toi l'Art de plaire.

Tandis qu'Ovide arrête & mon cœur & mes yeux,

Apollon s'adreſſant à tous ces demi-Dieux

Leur dit avec un doux ſourire :

Ornemens de ma Gloire, appuis de mon Empire,

Je vous ai tous raſſemblez dans ce jour,

Pour célébrer aux accords de ma lyre,

Le bonheur des Etats où LOUIS tient ma Cour.

L'Hymen toujours heureux ſous les loix de l'Amour,

Donne un Prince aux François ; cette illuſtre naiſſance,

Aſſure enfin le deſtin de la France.

Tous les Dieux à l'envi, répandent tour à tour

Sur cet Auguſte Enfant une heureuſe influence :

Et ce Prince, en un mot, eſt l'objet prétieux,

Des vœux de l'Univers, & des faveurs des Dieux.

Sur lui Jupiter lance un rayon de ſa Gloire ;

Mars lui promet des jours tiſſus par la Victoire ;

Pallas de ſes conſeils éclairant ſes projets

Guidera ſon jeune courage.

Craint de ſes Ennemis, aimé de ſes Sujets,

Il aura les vertus du Héros & du Sage.

Tout lui promet le deſtin le plus beau,

* Et ſi la flamme éclaire ſon berceau,

---

* Le jour de la Naiſſance de M. le Duc de Bourgogne, le feu a pris à la grande Ecurie du Roi à Verſailles.
   Et Alexandre naquit le même jour que le Temple de Diane fut brûlé à Ephéſe.

On n'en doit concevoir qu'un illuftre préfage,

De fon éclat futur, cet époque eft le gage :

De l'Inde le Vainqueur fameux,

Le Rival du Dieu des batailles

Alexandre naquit à la clarté des feux,

Qui du Temple d'Ephéfe embrâfoient les murailles.

Rappellez-vous fon pere au milieu des hazards,

D'un Roi victorieux, fuivant les étendarts.

Petit-Fils de LOUIS, il fuivra fon exemple :

La Race des BOURBONS eft celle des Héros;

Illuftre enfin jufques dans le repos,

Adoré des Mortels, leur cœur fera fon Temple.

Chantez les vertus, la beauté

D'une Augufte & jeune Princeffe,

Qui paye à fon Epoux le prix de fa tendreffe,

En donnant un Héros à l'immortalité.

La cohorte célefte à l'inftant réunie

Secondant les vœux d'Apollon,

Confacre de fes chants la divine harmonie,

A célébrer la Race de BOURBON.

J'aurois vu jufqu'au bout cet augufte myftere,

Si j'avois été fage, & que j'eus pû me taire ;

Mais d'un zele indifcret me laiffant emporter,

Voyant loüer mes Rois, je me mis à chanter,

On s'apperçut bien-tôt que quelque téméraire,

Jufqu'au Temple des Arts avoit ofé monter.

Aux accens de ma voix, la douce mélodie,

  Au même inftant avoit ceffé,

Et de Chantres divins un effain amaffé

Menaçoit de changer la Fête en Tragédie :

Quand Apollon furpris de ma témérité,

M'appelle, & me lançant un regard irrité ?

Mortel audacieux ! me dit-il, en colere :

  Quel deffein t'ameine en ces lieux ?

  L'Amour, le zele & le defir de plaire,

  Répondis-je en baiffant les yeux ;

A qui ? reprit ce Dieu d'un ton moins furieux ;

Au Monarque immortel dont vous aimez la Gloire,

A mon Roi refpecté de tous ces demi-Dieux,

Et dont je vois la place au Temple de Mémoire.

Alors faifant briller fur fon front la douceur.

Vas, me dit Apollon, j'excufe ton audace,

　　　Suis les mouvemens de ton cœur;

Tu veux plaire à LOUIS, vas, parts, je te fais grace,

Porte-lui le récit de nos divins Concerts,

　　　Les vœux, les hommages divers,

　　　Des Habitans & du Dieu du Parnaffe.

AU ROY.

SIRE, par des accents trop peu dignes de Vous,

Je fens que d'Apollon je remplis mal l'attente,

Mais fi vous protégez une Mufe tremblante,

　　　Je ne craindrai point fon courroux,

　　La vanité n'a point monté ma lire,

Le refpeɛt, feul encens, dont le Ciel foit jaloux

Eft, SIRE, dans ce jour le feul Dieu qui m'infpire.

Permis d'Imprimer, à la charge d'enregiftrement à laChambre Syndicale, ce 18 Septembre 1751. BERRYER.

De l'Imprimerie de la Veuve DAVID., ruë de la Huchette.

www.ingramcontent.com/pod-product-compliance
Lightning Source LLC
Chambersburg PA
CBHW061728180626
46818CB00006B/2525